VENTE

Du Mardi 22 Avril 1890

A 2 HEURES 1/2

HOTEL DROUOT, SALLE N° 4

TABLEAUX MODERNES

Aquarelles et Dessins anciens et modernes

ESTAMPES, ETC.

EXPOSITION PUBLIQUE

Le Lundi 21 Avril 1890, de 1 h. 1/2 à 5 h. 1/2

Me Léon TUAL	M. Georges MEUSNIER
COMMISSAIRE-PRISEUR	EXPERT PRÈS LES TRIBUNAUX
Rue de la Victoire, 56	Rue Saint-Augustin, 27

PARIS — 1890

IMPRIMERIE MAULDE ET RENOU

—————

A. MAULDE & Cie

IMPRIMEURS DE LA COMPAGNIE DES COMMISSAIRES-PRISEURS

Rue de Rivoli, 144 — Paris

CONDITIONS DE LA VENTE

Elle sera faite au comptant.

Les acquéreurs paieront, en sus des adjudications, **cinq pour cent**, *applicables aux frais.*

L'exposition mettant le public à même de se rendre compte de l'état des objets, il ne sera admis aucune réclamation une fois l'adjudication prononcée.

CATALOGUE

DE

TABLEAUX MODERNES

Aquarelles et Dessins anciens et modernes

ESTAMPES, ETC.

DONT LA VENTE AURA LIEU

HOTEL DROUOT, SALLE N° 4

Le Mardi 22 Avril 1890, à 2 h. 1/2

Par le ministère de **M⁰ Léon TUAL**, Commissaire-Priseur
rue de la Victoire, 56

Assisté de **M. Georges MEUSNIER**, Expert près les Tribunaux
rue Saint-Augustin, 27

EXPOSITION PUBLIQUE

Le Lundi 21 Avril 1890, de 1 heure 1/2 à 5 heures 1/2

PARIS — 1890

IMPRIMERIE A. MAULDE ET Cie

RUE DE RIVOLI, 144 — PARIS

200—5114

Désignation

EAUX-FORTES PAR MAXIME LALANNE

1er Lot composé de dix pièces, savoir :

N°
de l'œuvre

43. A Fribourg, avant la lettre.

76. Mare d'Auteuil, avant la lettre.

117. Site hollandais, avant la lettre.

49. A Beuzeval, avant la lettre sur Chine.

62. A Cusset (Allier), avant la lettre sur Chine.

81. Souvenir du Siège de Paris, avant la lettre sur Chine.

64. Plage des Vaches noires, à Villers, sur Chine.

11. Paysage italien, d'après Claude Lorrain, avant la lettre.

104. Petite Rivière, avant la lettre.

108. Village de Bourgogne, avant la lettre.

2e Lot composé de dix pièces, savoir :

N^o
de l'œuvre

96. Concarneau.

62. Cusset.

43. Fribourg.

4. Neuilly-sur-Seine, sur Chine.

123. Le Simoun, d'après Fromentin.

100. Les Roches-Noires.

106. Rue de Morlaix.

7. Percement de la rue des Écoles.

2. Percement du boulevard St-Germain.

116. Zaandam.

3e Lot composé de dix pièces, savoir :

96. A Concarneau.

4. Neuilly-sur-Seine.

106. Morlaix.

123. Le Simoun, d'après Fromentin.

100. Les Roches-Noires.

102. Le Wist.

54. Bords de la Tamise, sur Chine.

32. Richmond (Signée).

116. Zaandam.

30. A Villers.

4e Lot composé de dix pièces,
savoir :

N°
de l'œuvre

116. Zaandam.

L'Orage, d'après Ruysdaël.

83. Les Ormeaux de Cénon.

123. Le Simoun, d'après Fromentin.

43. A Fribourg.

106. Morlaix.

62. Cusset.

7. Percement de la rue des Écoles.

2. Percement du boulevard St-Germain.

Paysage.

5e Lot composé de dix pièces,
savoir :

Souvenir de Bordeaux.

112. A Quimper.

102. Rue de Village.

131. Les Accacias de Cénon.

62. Vue de Cusset.

125. Vue de Vitré.

127. Bordeaux.

83. Les Ormeaux de Cénon.

116. Zaandam.

7. Percement de la rue des Écoles (Épreuve
d'artiste (Signée).

6e Lot composé de neuf pièces,
savoir :

62. Cusset.

9. Rue de la Tonnelière.

11. Paysage italien, d'après Claude Lorrain.

Environs de Paris.

122. Ruines du Palais Gallien, à Bordeaux.

131. Les Accacias de Cénon.

Bords de la Seine.

48. Incendie du port de Bordeaux.

38. Passage de la Marmite (Vieux Paris).

7e Lot composé de dix pièces,
savoir :

84. Château de Serilly.

55. Paroisse Saint-Séverin.

63. Le Pigeonnier.

Au bord d'un Lac.

12. Animaux au pâturage.

62. Vue de Cusset, avant la lettre.

131. Accacias de Cénon.

13. Vaches sous bois, d'après Troyon.

122. Ruines du Palais Gallien, à Bordeaux.

38. Passage de la Marmite (Vieux Paris).

8e Lot :

Chez Victor Hugo. 12 pièces sur Hollande.
(Épreuves d'artiste.)

9e Lot :

Un Dessin à la plume.

Cinq Épreuves : Incendie dans le port de
Bordeaux.

Huit Épreuves : Passage de la Marmite.
(Vieux Paris.)

Une Épreuve : Chez Victor Hugo.

Épreuve : Bords de la Seine.

Épreuve : Vue de Cusset.

10e Lot :

Paris, vue prise du Pont de la Concorde.
9 épreuves dont 3 avant la lettre.

Paris, vue prise du Trocadéro. Souvenir de
l'Exposition universelle de 1867.
9 épreuves dont 3 avant la lettre.

11ᵉ Lot composé de dix pièces,
savoir :

N°
de l'œuvre

4. A Neuilly, sur Chine.

39. Paysage pour le Paysagiste aux champs d'Henriet, avant la lettre.

37. Le Wist, avant la lettre.

100. Les Roches-Noires, avant la lettre, sur Chine (Signée).

50. A Villers, avant la lettre (Signée).

124. Vue de l'Exposition universelle de 1878, avant la lettre sur Chine.

49. Beuzeval (Calvados), avant la lettre, sur Chine.

54. Bords de la Tamise.

116. A Zaandam, avant la lettre sur Chine.

99. A Trouville, avant la lettre sur Chine.

12ᵉ Lot composé de dix pièces,
savoir :

54. Bords de la Tamise, avant la lettre.

93. Paysage d'Italie, d'après Adam Pinacker, avant la lettre (Signée).

91. En Forêt, Crépuscule, avant la lettre (Signée).

104. Petite Rivière (Signée).

N°
de l'œuvre **12**ᵉ Lot (suite).

108. Village de la Bourgogne (Signée).

 82. Richmond, avant la lettre.

 5o. A Villers, avant la lettre, sur Chine.

 39. Paysage pour le Paysagiste aux champs
      d'Henriet, avant la lettre.

128. A Zaandam, avant la lettre, sur Chine.

1oo. Les Roches-Noires, avant la lettre,
      sur Chine.

13ᵉ Lot composé de dix pièces.
savoir :

 96. A Concarneau.

  4. A Neuilly, avant la lettre, sur Chine.

 5o. A Villers, avant la lettre.

 43. A Fribourg, avant la lettre.

 37. Le Wist, avant la lettre.

 54. Bords de la Tamise, avant la lettre.

1o7. Bords de la Patamé, à Royan.

112. A Quimper.

116. A Zaandam, avant la lettre, sur Chine.

 95. Baie de Weymouth, avant la lettre,
      sur Chine (Signée).

FUSAINS PAR MAXIME LALANNE

1º Dans le Parc de Mme de Balzac.

2º Les Rochers de Beuzec.

3º Coucher de Soleil.

TABLEAUX, AQUARELLES ET DESSINS
ANCIENS ET MODERNES

1 — MOREAU. Nature morte : Cuivre, Argenterie, Faïence et Verrerie.

2 — MOREAU. Musicien, Nègre africain.

3 — MOREAU. Chrysanthèmes dans un panier.

4 — ROSA VENNEMANN. L'Ane.

5 — ROSA VENNEMANN. La Route.

6 — ROSA VENNEMANN. Vaches au pâturage.

7 — ROSA VENNEMANN. Vache.

8 — ROSA VENNEMANN. Vache couchée.

9 — ROSA VENNEMANN. Le Sentier.

10 — ROSA VENNEMANN. Le Pont.

11 — ROSA VENNEMANN. Les Bords de la mer.

12 — ROSA VENNEMANN. Pâturage près de Caylus.

13 — POLACK. Femme assise.

14 — POLACK. La Lecture le soir.

15 — POLACK. Une Valençaise.

16 — POLACK. Une Gitana.

17 — POLACK. Intérieur de Gitanos à Grenade.

18 — POLACK. Femme nue.

19 — POLACK. Vue d'un village en Galicie.

20 — DUMONT. Prière à l'église.

21 — BOGGS. Marine.

22 — JEANRON. Pécheur de crabes.

23 — ÉCOLE FRANÇAISE. Paysage.

24 — JEANRON. Bords de la Méditerranée.

25 — JEANRON. Environ de Marseille.

26 — DUFAURE (Camille). Paysage normand.

27 — ISTA. Un Étang en Sologne.

28 — GRIMELUND. Paysage en Suède.

29 — GOSSELIN. Une Clairière en Seine-et-Oise.

30 — BEAUVAIS. Environs de Chaville.

31 — APPIAN. L'Abreuvoir (Isère).

32 — JAPY. Paysage en Picardie.

33 — PÉCRUS. Le Clavecin.

34 — PÉCRUS. La Toilette.

35 — LAMY (Eugène). Mlle de Montpensier (Aquarelle).

36 — BOILLY. Tête d'étude.

37 — ÉCOLE FRANÇAISE DU XVIIe SIÈCLE. Allégorie.

38 — ÉCOLE FRANÇAISE DU XVIIe SIÈCLE.
L'Evanouissement.

39 — ESCHARD (Charles). Intérieur d'un
Cabaret.

40 — GREVENBROECK. Vue d'un Château.

41 — GRÉVIN. Scène de coulisse : la Som-
nambule.

42 — GRIM (S.-H.). Paysage.

43 — GRIENT (De). Marine.

44 — GUERCHIN (Le). Étude.

45 — GIRAUD (E.). Scène de Bal masqué.

46 — GRIM (S.-H.). Au petit Trianon.

47 — GRIM (S.-H.). Fontaine dans un parc.

48 — HUET (J.-B.). Paysage.

49 — GREUZE (Genre de). Tête d'étude.

50 — GRANET. Intérieur.

51 — C. LE BRUN. Le Crucifiement.

52 — MUNTZ. Paysage.

53 — PRUD'HON (Attribué à). Deux Etudes.

54 — HUBERT-ROBERT. Ruines d'un vieux Château.

55 — HUBERT-ROBERT (Attribué à). Quatre petits Paysages.

56 — ROUX (A.). Deux Marines.

57 — ROSIER (A.). Deux Médaillons.

58 — STORELLI. Paysage.

59 — STORELLI. Paysage.

60 — WILLE (J.-G.). Près du Puits.

61 — WILLF (J.-G.). La Halte.

62 — WOOKES DE BASLE. L'Ermite.

Estampes et Caricatures anciennes de la fin du XVIIIᵉ siècle et de l'Ecole dite de 1830.

Modèles originaux et Gravures de mode des mêmes écoles.

Estampes diverses.